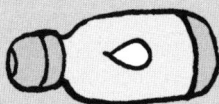

一星期
搞定爸妈

〔法〕蒂蒂乌·勒柯克◎著　　〔法〕佩瑟瓦尔·巴里耶◎绘　　张贞贞◎译

一星期搞定爸妈

闯祸后如何化险为夷？

北京科学技术出版社
100 层童书馆

著作权合同登记号　图字：01-2023-5904

图书在版编目（CIP）数据

　　一星期搞定爸妈 / （法）蒂蒂乌·勒柯克著；（法）佩瑟瓦尔·巴里耶绘；张贞贞译．—北京：北京科学技术出版社，2024.6（2025.5重印）

　　ISBN 978-7-5714-3848-7

　　Ⅰ．①⋯　Ⅱ．①蒂⋯ ②佩⋯ ③张⋯　Ⅲ．①儿童小说－中篇小说－法国－现代　Ⅳ．① I565.84

　　中国国家版本馆 CIP 数据核字（2024）第 077128 号

策划编辑：张贞贞	**电　话**：0086-10-66135495（总编室）		
责任编辑：樊川燕	0086-10-66113227（发行部）		
封面设计：沈学成	**网　址**：www.bkydw.cn		
图文制作：杨严严	**印　刷**：北京中科印刷有限公司		
责任印制：李 茗	**开　本**：889 mm × 1194 mm　1/32		
出 版 人：曾庆宇	**字　数**：40 千字		
出版发行：北京科学技术出版社	**印　张**：3.125		
社　址：北京西直门南大街 16 号	**版　次**：2024 年 6 月第 1 版		
邮政编码：100035	**印　次**：2025 年 5 月第 4 次印刷		
ISBN 978-7-5714-3848-7			

定　价：49.00 元

谨以本书献给以下孩子：马修、巴蒂斯特、萨沙、伊利亚斯、奥雷利安、艾拉、阿贝尔、盖博埃尔、奥古斯特、维莱特、埃克托、艾里奥特、福安、奥克塔夫、艾米莉以及伊萨克。

你有没有想过，这世上有这样一份教材，可以教你如何从爸妈手中获得你想要的一切？市面上有无数教爸妈养育孩子的书，配的大多是下面这样的宣传语：

让你的孩子变得乖巧、

聪明、喜欢吃蔬菜！

却几乎找不到一本教孩子"培养"爸妈的书。

其实这个主题很重要！在这样一本书的封面或者封底上，我们可以写上：

想让你的爸妈更安静、更耐心、

更放松，还允许你每餐

都吃薯条？读读这本书吧！

现在，设想一下，如果这本书的作者是世界上最超凡脱俗的宠物，宇宙中最聪慧迷人的喵星人？

没错，就是我！

我是这世上最超凡脱俗的小美喵。我会吃饭，会睡觉，还会用爪子把自己挂在沙发上。难以置信，是吧？

　　读了这本书，你也能学会把自己挂在沙发上！

　　不感兴趣？呼——好吧，我们重新开始。

　　读了这本书，你也能学会把地毯上的毛线球抓回来！

　　还是不感兴趣？

　　呃，那好吧。

　　读了这本书，你也能搞定你的爸妈！

首先，请允许我介绍一下自己。
我叫丑小咪，我也不知道他们
为什么给我取这个名字。

谁把抹布放到沙发上了？

亲爱的，那不是抹布，是猫！

这本书就是你的行动指南，我会教你怎样"培养"爸妈。

因为爸妈并非一直那么容易相处，他们有时会大呼小叫，会不好好吃饭，会心烦意乱，会歇斯底里，还会忘带钥匙。

作为一只小美喵，家里每天发生的事情都逃不过我的眼睛。或许我看起来正在沙发上昏昏欲睡，但实际上，我在观察。我总是半睁着一只眼睛，竖着一只耳朵。我看到你把外套随手扔在地上，我听到爸妈唠唠叨叨。我旁观了所有的争吵，还分享了每一个拥抱，哪怕我一句话也不说。

我还留意到一件事。

多数情况下，爸妈是很不错的。他们会亲吻你，给你吃点心（而我，能吃到肉丸子）。他们会倾听你的心声，会赞同你的想法，会暖心地安慰你，还会把手放到我身上轻轻地帮我挠痒痒。

你撸的不是猫，是抹布！

但你也要看到事情的另一面：爸妈同时还是一种奇怪的生物。他们做的总是跟他们说的不一样。上一秒这种生物还温柔至极，下一秒就大呼小叫，仿佛是被魔鬼控制的怪物。

为什么会这样？他们怎么了？他们疯了吗？

当然不是。我会尽量简单地给你指出几个迹象，帮你更充分地了解他们，因为所有的孩子都会有受不了爸妈的一天。

真的，看到一些孩子大喊大叫、撒泼打滚时，人们通常会同情他们的爸妈。但你有没有发现，有些孩子的爸妈也总是莫名其妙地发火，仅仅是因为孩子没把作业做好，或者没把盘子里的食物吃干净？

孩子也得有耐心。事实上，他们通常很有耐心。但总有一天，他们会受不了听大人没完没了地说同一件事。

为什么爸妈有时那么烦人？能改变他们吗？

通过这本书，我会告诉你这些问题的答案。

让我通过一个故事
给你讲一讲
如何搞定爸妈

有幸跟我住在一起的这家有三口人：爸爸、妈妈和伊利亚斯。

这个家里有一大堆规矩，而我要讲的冒险故事则源于第 12 条规矩。这条规矩的内容是伊利亚斯只有在周六可以玩两小时平板电脑。在这个时段，他可以在平板电脑上做所有他想做的事情：玩电子游戏、看动画片或者上网浏览喵星人的照片。

故事开始的那个星期六，伊利亚斯没有在网上看喵星人照片，他忙着在一个无聊的电子游戏里用难看的砖头搭建房子，游戏名字叫《饿的世界》——好吧，我承认这是我瞎猜的。

我躺在他旁边的沙发上，就像往常一样，用余光看着他。（有时候他会忘记我在旁边，直接躺到我身上，所以我必须时刻盯着他。）有一会儿，我看到他不自在地动来动去，我猜他是想上厕所，没去是因为舍不得浪费两小时"平板时间"中的任何一秒。（妈妈在平板电脑上设定了使用时长。）

过了一会儿，他的膀胱估计快要爆炸了。他终于起身，手里拿着平板电脑，一边玩一边朝洗手间走去。因为没有看路，所以他没注意到他之前随手扔在走廊里的书包。

他抬起腿，我以为他会迈过障碍物，但他的脚被书包的背带绊了一下，他踉跄了一下。因为手里拿着平板电脑，没办法保持平衡，他可悲地摔在了地上——几乎摔成一个烂土豆。但是，发出最大声响的，是平板电脑摔到地板上的声音。

砰砰砰！

伊利亚斯抬起头看了一眼平板电脑，脸色瞬间变得煞白。

白得吓人！

平板电脑的屏幕向四周裂开，就像一只蜘蛛在上面织了张网。

他看了一眼四周。庆幸的是，爸妈没在附近。他赶紧起身，拿着平板电脑进了自己的房间。我迈着猫步跟他进了门。他把平板电脑藏到书桌抽屉的最深处，然后呆坐在床边，眼睛里噙满了泪水。

他犯了个大错。如果要用动物来形容这个错有多大，那它差不多相当于一头大象，甚至是一头猛犸象。

要是爸妈知道了，他肯定会受到严厉的惩罚。

我跳上床，用头蹭着他的脸颊。

伊利亚斯其实有点儿像我的弟弟。

他跟我，我们俩之间有自己的秘密语言，我们可以听懂对方说的话。我觉得这是因为我们从婴儿时期就在一起。（但他长得比我慢多了。很奇怪，我们俩都10岁了，但他还是个孩子，而我已经是一只成年猫了。就连用四肢爬行这么简单的事情，他居然需要10个月才能学会，而我只用了3个星期。）其实，我也不知道哪儿来的魔力让我们能够交流，或许仅仅是因为我们都非常爱对方吧。

他一边叹气，一边抚摸我的头。

"我该怎么办？"他喃喃地说，脸上写满了无助。

"我也不知道。你攒的钱不够买一个新的。他们平时不常用到平板电脑，但哪怕你现在不说，一星期后他们也会跟你要的，到那时你就完了。你还是得跟他们说实话。"

他蹭地从床上跳起来，一脸震惊。

"说实话？说我走路不看路把平板电脑摔了？说我是被自己扔到地上的书包绊倒的？你疯了吧？"

"不说实话的话，你会被核弹崩成碎片的，因为他们会气疯。我现在已经能想象出他们对着你咬牙切齿的样子。"

"哼！尿到猫砂外面的可不是我，我提醒你。"

"或许吧。但是你一星期把作业本搞丢了两次，而且总记不住作业是什么。情况很糟糕啊，宝贝。另外，这事对爸妈来说危险性也挺高的。你告诉他们后，他们说不准会被气出心脏病。如果真这样了，咱们怎么办？"

伊利亚斯绝望地瘫倒在床上。

"灾，灾难……你觉得我该怎么做？我又不能回到过去，现在把东西收拾整齐已经来不及了。"

我用两只爪子按住耳朵，就像在做按摩。这个姿势有助于我思考。

"等一下……你不能改变过去，但我们或许可以改变……未来！他们在下周六之前很可能不会想起平板电脑。"

"所以呢？"

"所以你有一周的时间让他们为这个坏消息做好准备。"

"做好准备？"伊利亚斯不解地问道。（他反应有点儿迟钝。）

"就是这样。"

在给他详细说明之前，我满意地舔了舔自己的爪子。

"如果咱们做得好，他们甚至会原谅你。"

我清楚地看到，听到"原谅"这个词时伊利亚斯的眼睛一下子亮了。

"你只需做一个'完美的孩子'，让爸妈爱你爱到不会为你摔坏平板电脑的事而生气。"

伊利亚斯叹了口气。

"不可能的。"

"有可能！你有整整一个星期的时间来'驯服'他们，搞定他们。而且很幸运的是，你手里有一件秘密武器。"

"啊，是什么？"

我郑重地直起身来，喵地叫了一声。伊利亚斯做了个鬼脸，问我："你？"

"当然是我！我可以给你提供很多建议！我了

解爸妈，我观察他们好多年了，现在正是运用我的无敌智慧的最佳时机！"

伊利亚斯耸了耸肩，不置可否。然后他就一个人出去了，看起来他已经有了主意。

我很失望，他居然不想要我的帮助。我可是研究爸妈的专家。他以为我 10 年来每天就只是躺在沙发上睡大觉，什么都没学到吗？

星期天

家庭核爆炸倒计时
6 天

现在是早晨 9 点, 当伊利亚斯终于下床的时候, 我已经追着自己的尾巴跑了 50 圈了。

通常, 星期天早晨, 我们俩会一起躺在沙发上, 等着爸妈从他们的房间里出来。他会看会儿书, 而我会收拾打扮一下自己。

但今天早晨, 我看到伊利亚斯径直去了厨房。我本以为有机会多吃点儿肉丸子, 所以我一边轻快地喵喵叫着，一边蹭着他的腿。

你知道他干了什么吗？他把我赶走了！这个臭小子！

只见他从橱柜里搬出了一大堆东西：牛奶、咖啡、面包、黄油、果酱、糖、茶叶。他先烧了壶水，然后冲咖啡、泡茶，接着在面包上抹黄油、涂果酱。

一刻钟后，他把所有东西放到一个托盘里，然后端着托盘走到爸妈的房门口。

看得出来，他对自己的表现很满意，他很为自己骄傲。

我明白了，这是他试图哄爸妈开心的第一步。

不过这确实挺管用的……

尤其是刚开始的时候。

妈妈打开房门的时候，不禁惊呼出声：

"哇，这也太暖心了！快来看看伊利亚斯给我们准备了什么！太贴心了！"

那种惊喜劲儿就好像伊利亚斯刚研发出了可以

预防在全球流行的病毒的疫苗似的。

听起来有点儿好笑。

但这确实是个好办法。

直到后来——

在床上用完早餐之后，爸妈终于走出了房间。

一开始，我听到他们低声抱怨了一句"呀，他把咖啡洒到走廊上了"，随后补了一句"是，不过挺可爱的"，接着又说"你说的有道理，不过他应该小心一点儿"。

不幸的是，小声的嘟囔很快变成了惊声尖叫："天哪，我的扫帚大哥！亲爱的，你快过来看！"

我也赶紧跑进厨房。

厨房简直像刚遭到了核弹攻击。

到处都是污渍：台面上、瓷砖上、柜门上……牛奶瓶的盖子没盖，没用完的黄油还在操作台上摊着。

就连我喝水的碗里都有一小块面包。

太恶心了！

　　"呃，好吧。这个星期天我们要从打扫卫生开始了。"妈妈嘟囔道。

　　"我们得跟他说说。"爸爸补充了一句。

　　妈妈点了点头。

　　他们把伊利亚斯叫了过来。

　　他来了，满脸骄傲，他肯定以为爸妈要再夸他一番。

　　但爸妈指了指厨房，爸爸问道：

"你没看到这些吗？"

伊利亚斯用一只脚抵在另一只脚的脚面上来保持平衡（他紧张的时候就会做这个动作）。

"呃，这个……我没收拾好。"

妈妈弓起身子对他说：

"宝贝，我知道你想让我们高兴，这很好，但现在我们得重新擦一遍昨天已经打扫过的厨房。我们要三个人一起干，这样能快点儿。但这件事一点儿都不让人开心，你知道吗？"

他点了点头，看起来很失望。

他本以为自己做得相当不错，其实并非如此。

我以为伊利亚斯受挫之后会来征求我的意见，但是他压根儿没理我。看来他执意要一个人搞定这件事。

中午，我想在爸妈的床上美美地睡个午觉，他居然又把我赶走了！

一开始，我没弄明白是怎么回事，后来才发现，原来伊利亚斯是想帮爸妈整理床铺！他抻直了床单，拍平了枕头，铺好了被子。整张床被收拾得无比整洁，就像酒店里的一样。

我可以跳上去了。

一小时后，妈妈走进了房间，她惊喜得不得了。

直到这时候，我还相信伊利亚斯可以一个人搞定爸妈。

然而，后来……

后来，糟透了。

吃完晚饭，他们准备睡觉了。整个周末过得平静而幸福，嗯，直到妈妈走进伊利亚斯房间的那一刻。她大吼了起来：

"天哪，我的笤帚大婶啊！怎么乱成这样？伊利亚——斯！"

伊利亚斯跑过来，他又被狠狠地训了一顿！妈妈完全忘记了他做早饭和整理床铺的功劳。因为他的房间乱得就像刚刚经历过两军交锋的战场一样。

"伊利亚斯，你本来有一整个周末的时间来收拾房间！我们不能在这么脏乱的环境中开始新的一周！现在是星期天，晚上 9 点钟，你还有半小时来把所有东西整理好。你知道我之前为什么没有进来检查吗？因为我认为你既然能帮我们整理床铺，就一定先把自己的房间整理好了！"

伊利亚斯垂头丧气地等着风暴过去。妈妈离开后，他一边抱怨一边开始收拾。

"真的太不公平了，我表现得那么好，却只受到了指责。"

我跳到书桌前的椅子上。

"你现在愿意听我说话了吗，伊利亚斯？你自己搞不定爸妈的。"

"不，是他们太难搞。"

"我提醒你，离下周六还有不到 6 天的时间，而现在，你把问题搞得更严重了。你愿意听我跟你说一下你哪儿做错了吗？"

他嘟嘟囔囔、低声抱怨着，但我知道他在认真听我说话。

"你知道家务对爸妈来说很重要，这是好事。但你总想做一些不同寻常的事来讨他们的欢心，比如给他们准备早饭，或者帮他们整理床铺。你没明白的是，只有做爸妈需要你做的事才叫帮忙。所以，你如果想让他们高兴，并不需要做一顿丰盛得好似皇家宴席的早餐，而只需要将他们要求你做的事情做好。例如，收拾好书包，把你的外套挂到衣架上，整理好你的房间，吃饭之前洗手，帮忙摆盘，吃完饭收拾餐桌，打翻东西后清理干净，挤了牙膏后拧上盖子……"

"好了好了，我知道了，但这些都是微不足道的小事！"伊利亚斯大声说。

我同意他的看法。

"是的，就因为是小事，它们才重要，越是

小事，对他们来说越重要。"

"行吧，谢谢你的建议。"他不情愿地应付道。

星期一

这一天，从清早开始，我就看到伊利亚斯努力地收拾好自己的各种物品。

我很为他骄傲。

接下来，伊利亚斯开始对爸妈唠叨。当爸爸说他很累的时候，伊利亚斯说：

"你应该早点儿睡觉。"

爸爸看起来很吃惊，但很高兴。

27

"是的，你说的有道理。"他赞同道。

伊利亚斯受到鼓励，接着说：

"你老是看手机，我听说手机屏幕发出的蓝光会影响睡眠。"

妈妈微笑着表示赞同。

"伊利亚斯说的很有道理。"

但伊利亚斯紧接着补充道：

"妈妈，你也是。你总抱怨说很累，却看电视剧看到很晚。"

等伊利亚斯去洗手间的时候，我趁机跟着他溜进去。我问他：

"你在搞什么？"

伊利亚斯耸了耸肩。

"我很关心他们。他们想让我早点儿睡觉或者关掉平板的时候，总说是为了我好。我想让他们知道，我也一样，我会替他们着想。"

"我不觉得这是个好办法……"

"但我觉得是！我很关心他们，就证明我是个好儿子，他们就不会惩罚我。而且，你也看到了，刚才他们挺高兴的。再说试一试也没什么。"

于是，伊利亚斯继续对爸妈唠唠叨叨。

这招一开始很管用，虽然我很诧异。但遗憾的是，好景不长。

我想在这里指出一个重要的点，一个经常让爸妈抓狂的因素：**时间！**

如果你留意听爸妈说话，就会发现他们永远在说"快迟到了""绝对要迟到了""已经迟到了"……

就好像他们的脑子里镶了个时钟。

他们会说——

"5分钟后把灯关了。""10分钟后吃饭。""2分钟后我们出发。""没时间了。"

29

而他们最常说的一句话是："你快点儿。"

有时候，我想提醒他们，如果每天早晨都要迟到，为什么不早点儿起床呢？但我选择闭嘴，因为我是一只猫（还因为我担心他们不给我吃肉丸子）。

他们做什么都要精准计时，要规定好看平板电脑的时间、睡觉的时间、健身的时间、户外活动的时间、室内活动的时间……

然而，在做这些事情的时候，他们总会抱怨："我们没时间了，如果一周有 8 天或者一天有 27 个小时就好了……"但同时，他们又会说："你长得太快了！"

最糟糕的是，你吃饭的时候，他们总是说："你吃得太快了！慢点儿吃。"

总而言之，爸妈的时间观念乱七八糟的。

让我们重新回到这天早晨。妈妈让伊利亚斯快点儿把鞋穿好，因为他们马上要迟到了，迟到了，迟到了。（妈妈着急的时候会不停地重复同一句话，而且越说声音越大，所以应该是"**迟到了，迟到了，迟到了**"。）

就在这时，情势开始变坏，因为伊利亚斯回答说："妈妈，你应该深呼吸。如果太着急，你会肚子疼的。"

我看到妈妈的脸抽搐了一下。她挤出一个笑容，但看起来也像是皱了下眉头。

伊利亚斯有点儿惹到她了，我猜。

后来，所有人都离开了，我终于可以安安静静地独占这个家了。

我吃了饭，睡了一小会儿，还在沙发上胡乱抓了一通。

我在墙角蹭了蹭身子，又喝了几口马桶里的水。他们不喜欢我这样，所以我总是等他们离开之后再这么做。（当然，前提是他们忘盖马桶盖了。）这真的很值得一试，因为马桶里的水真的太好喝了。马桶里的水有一股我喜欢的味道。

傍晚时，他们回家了。伊利亚斯又像以前一样把书包扔到走廊上，他已经忘了他的计划。

经过厨房门口的时候，他看到爸爸站在那儿，一边歪着身子打电话，一边吃饼干。

他对爸爸说："你不应该站着吃东西，坐着吃更有助于消化。"

爸爸冲天花板翻了个白眼，但他什么都没说。

而我，老老实实地待在旁边，因为我在等我的肉丸子。

再次经过厨房门口的时候，伊利亚斯叫了出来："你还在打电话！"

爸爸把手机放到桌子上。

我看到他深深地吸了一口气，尽力让自己说话的语气保持平静。

爸爸笑了。

"但不一样：我们是你的爸妈。我们有义务养育你，关心你。但你不能总是把注意力放在我们身上。所以，到此为止吧。虽然你这样做是出于好心，但确实有点儿烦人。"

伊利亚斯垂下了头。

"我做这些都是为了你们。"他咕哝道。

爸爸把他抱到怀中。

"我知道，但我是个成年人，我不喜欢别人给我上课。如果你想跟我说话，如果手机影响到你了，你可以要求我把手机放下，但不能表现得像你是我爸爸。"

伊利亚斯点了点头。我知道他肯定失望透顶了，因为他自以为找到了成为完美孩子的好办法，但这个办法根本行不通。

我早就跟他说过这个办法有风险。

晚上，我到伊利亚斯的床上睡觉，我们俩聊了一会儿。他摔碎平板电脑屏幕已经有 3 天了，但他的计划还没什么进展。时间紧迫，我们得加快速度。

问题的关键在于，他不知道做什么可以让爸妈高兴。

"我觉得你还是应该坚持收拾好自己的东西。"我强调道，"有一点你没弄明白，你总想做一件惊人的大事，但他们希望你每天都将一些平常的琐事做好。如果你一年里只有一天收好你的书包，把衣服挂到衣架上，整理好房间，饭前洗手，帮忙摆盘，饭后收拾餐桌，打翻东西后清理干净，挤了牙膏后拧上盖子……这对他们来说算不上什么。想真正奏效的话，你得每天都把这些事情做好。"

他发出了一个类似"噗"的声音。

"好吧，你说的有道理，但做这些事情实在太累人了。"

"那你是想选择把自己的东西收拾好，还是选择因为摔碎了平板电脑屏幕而被罚永远远离电脑？"

"行吧，行吧，但我感觉只收拾东西还不够。我还能做点儿什么让爸妈感受到我的魅力呢？"

我不知道。我们俩躺在黑暗中，一束光通过半开的窗户透了进来。伊利亚斯摸着我的头，我很喜欢这样。我感觉很舒服，发出咕噜咕噜的声音。

突然，我蹦了起来。

"就是这样！"

“哪样？”

“爸爸妈妈想要什么？想要他们的小孩爱他们！所以你得向他们表达爱。他们希望你抱抱他们，亲亲他们！爸妈爱惨了孩子的亲吻，他们总觉得你还只有 3 岁，而他们还年轻。”

“对！你说得对！”伊利亚斯高兴极了，“他们总抱怨我不亲他们了。明天就是‘家庭亲亲日’！”

我靠着他睡着了，心满意足。我确信一切都会顺利。

星期二

家庭核爆炸倒计时
4 天

今天是"家庭亲亲日"。说真的，我实在想不出这个计划有什么不好的地方。

直到——

今天妈妈回家有点儿晚。在她打开房门之前，仅仅是听到她的皮鞋踩在楼梯上的声音，我就知道情况不妙。

真的是这样。

我有种天赋，能知道她哪天过得不爽，就好像我的胡子上装了个地动仪。在她不爽的时候，我只有一个建议：最好赶紧从她眼前消失。可惜的是，伊利亚斯没有胡子。门还没开，他就冲向了妈妈。

他没想到的是，他已经不是3岁的小孩了，他现在10岁了。而一个10岁的男孩用尽全力冲向一个成年人（尤其是不再年轻的成年人），可能会造成一起事故。

结果是，伊利亚斯扑向妈妈，妈妈吓了一跳，紧接着失去了平衡，倒在地上。她尖叫了一声。

我觉得她肯定很疼。

看得出来她心情非常糟糕，她需要努力地克制才能不冲伊利亚斯大吼大叫。她仅仅低吼了一句："当心点儿啊！"

"我的好妈妈，这是因为我太想你了。"伊利亚斯一边扶她起来一边解释说。

"谢谢，我也是。"她嘟囔着，但从她的脸色看得出来她在撒谎。

随后，她进了厨房，伊利亚斯紧跟着进去了。

他问道："我们今晚吃什么？"

她转过身回答："我也不知道，我刚回来。"

我得赶紧提醒伊利亚斯，我的胡子告诉我现在最好让妈妈安静一会儿。我跑过去用身子蹭他的腿，但他躲开了。

我一边喵喵叫着一边绕着伊利亚斯转。与此同时，伊利亚斯绕着妈妈转，而妈妈正不耐烦呢。

她命令我们出去，她想喘口气。一出门，我就对伊利亚斯说："跟我来，我们得谈谈！"

我们来到他的房间。我让他关上门，防止有人听到我们的谈话。

"小心，伊利亚斯，情况不妙。我们今天得放弃亲吻和拥抱的计划。"

"为什么呀？"

"因为妈妈今天过得很糟糕。"

"所以呢？这不正好嘛，我亲一亲她，她就高兴了。"

"不，你不懂。你知道情绪水瓶理论吗？"

他不知道。

你呢？你知道吗？

我来跟你解释一下。

所有成年人（以及孩子）的耐心都是有限的，就像一个盛了水的瓶子。每次你做错一件事，你爸妈的"耐心瓶"里的水就减少一点儿。

当"耐心瓶"彻底空了的时候，爸妈就爆发了，跟当时你犯的错的大小无关。

正因为这样，有时候，你会觉得爸妈生气生得莫名其妙。

当你把自己的外套扔到地板上，妈妈捡起来的时候，她的耐心会
减少一点儿。

当你拒绝立

刻做作业，要求先玩游戏的时候，她的耐心又减少了一点儿。

当你吃晚饭时抱怨自己不爱吃某个菜，她的耐心再次减少了一点儿。

结果，当妈妈走路碰到一个你随手乱扔的陀螺时，她的瓶子空了——核弹爆炸了。

无一幸免！

所以，爸妈生气与否不完全取决于你犯的错误的大小，而取决于"耐心瓶"里水的多少。

同样一件事可能导致完全不同的结果：一句简单的提醒（"把你的酸奶盒扔到垃圾桶里。"）或者一场核爆炸（"**把你的酸奶盒扔到垃圾桶里！马上过来！！我受够了！！！**"）。

你明白了吗？

这很复杂，所以，你要当心。

因为你还得考虑其他因素。

爸妈的一天

要知道，不止孩子会耗尽爸妈的耐心。

实际上，还有很多别的因素会降低他们的"耐心瓶"的水位。例如，爸妈睡得不好，或者他们这天的工作非常不顺。孩子很少意识到，在早晨和夜晚之间，在他们上学的时候，爸妈也要面对漫长的一天。一般来说，孩子对爸妈这部分的生活一无所知。但孩子应尝试想象一下，爸妈已经在一天的工作中经历了很多事，而这些事不一定都是让人愉快的：他们可能遇到问题，可能跟同事有争执，可能犯了错，或者可能被迫去弥补别人犯的错……他们这一天可能过得很愉快，也可能很糟糕。

所以，当你晚上放学后见到爸妈的时候，他们的"耐心瓶"很少是装满水的，甚至可能已经快被磕碎了。

而你不可能知道，因为这个瓶子你是看不见的。

从外表看，爸妈很正常。

如果你能看到这个瓶子，问题就简单了。

幸运的是，你能通过一些迹象看出爸妈的耐心
还剩多少，尽管你不像我一样拥有神奇的胡子。

亲爱的！

她的声音
跟平时不太一样，
有点儿急促

她的手机
响个不停

你讲笑话时
他不笑

好，
好！

他听你说话时
心不在焉

他们总是叹气

她有黑眼圈

警报！
他们的瓶子快空了！

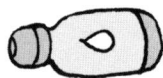

　　遇到危机的时候该做些什么呢？当你还小的时候，你可能会先发脾气：你会冲着爸妈大喊大叫，大哭大闹。但是，随着你慢慢长大，你知道这一点儿用都没有。

　　当你心情烦躁的时候，有人在你面前大呼小叫，这能让你平静下来吗？显然不能。

　　你可以低头认错，收拾好自己的东西，等爸妈的瓶子重新装满水。因为你已经长大了，知道爸妈这会儿不太高兴，他们需要安静，需要重新找回内心的平静。你甚至可以关心一下爸妈，问问他们是不是有什么事情进展得不顺利。

这就是那天晚上我试图跟伊利亚斯说明的。他是个人，所以有时候不那么机灵。（是的，人类不太聪明，否则不会破坏赖以生存的环境。）但我感觉伊利亚斯听懂了。

他点了点头，问我：

"我最好让妈妈一个人静静，对吗？"

"对。或许在睡觉之前，你可以去给她一个大大的拥抱。在那个时段，她一般比较放松，你的拥抱会让她心情愉悦。"

他按照我说的做了。他一直待在自己的房间里，我们听到妈妈跟她最好的朋友打了一通电话，跟对方讲了自己在工作中遇到的困难。我们没有去打扰她。伊利亚斯本来想去问问她还要多久才能吃晚饭，我拦住了他，告诉他时机不合适。

晚饭后，妈妈的状态好多了。伊利亚斯靠着她的身体蜷缩在沙发上，场面看起来很温馨。

我很高兴，因为我给了伊利亚斯一把关键的钥匙，让他明白如何搞定爸妈。

我们的计划看起来是可行的。

星期三

家庭核爆炸倒计时
3 天

因为伊利亚斯发现妈妈最近不太开心，他决定为她做点儿什么。他一方面想让妈妈开心，另一方面又想让自己的目的顺利达成。

出门上学的时候，他把自己攒的所有零花钱都带上了，足足有 12 欧元。通常，小学生不能自己带钱去学校或游乐场，所以他出门时把钱藏到外套内衬的口袋里了。

我没跟他一起出门，我只能从厨房的窗户溜出屋子。从窗外的平台上，我能跳到矮一点儿的楼层。随后，我会在屋顶散散步，绕着我们住的房子溜达一圈。平时，那里会有邻居家的肥肥猫留下的味道，我给他回信的方式是在墙角留下我的气味，也就是在三楼的老太太种的盆栽里撒泡尿。

伊利亚斯周三只有上午有课，午饭后就会回家。爸妈要上班，所以他会自己在家待一下午。有时候，伊利亚斯会偷偷玩平板电脑。他会躺在沙发上玩好久，尽管这是被禁止的。

今天，他没法冒险做这件事。

实际上，他没有冒险做任何事，因为他不在家。他应该在 13 点 40 分回到家，但他今天回来晚了。我收起爪子等着他。

到 14 点 20 分的时候他还没回来！我开始担心起来。当听到楼梯上传来他的脚步声时，我冲到门口喵喵叫着。

他仅仅说了一句：

"丑小咪，我回来了。"

他进门的时候，手里拿着一个纸袋子。

我问他这是什么。他看起来很得意，说：

"这是个惊喜，你等着瞧吧。"

"哇，送给我的惊喜吗？一盆猫草？"

"当然不是。这是给妈妈准备的惊喜。"

"你给她买了一件礼物？"

"是的。你看着吧，今晚，我就是世界上最可爱、最值得疼惜的孩子。"

我感觉他很有信心。他买了一件礼物，这确实不错，但……

但我总觉得哪里不对劲。

问题出在钱上？不对，那是他的钱，他有权按照自己的想法买东西。

我有一种不好的预感，但我找不到理由，所以有点儿烦躁。这种感觉就像是你觉得自己忘了什么，但又想不起来。

我们俩就这样躺着度过了下午剩余的时光，我一直无法摆脱这种不妙的感觉。

晚上，爸妈回家了。我看到伊利亚斯很兴奋，但他还是耐心地等到了晚饭时间。他站起身大叫道："给大家一个惊喜！"

随后他把袋子拿过来，递到妈妈手里。妈妈看起来很惊讶。（要知道，伊利亚斯不常送礼物，比如他就从来没送过我猫草。）

她打开袋子，里面有一个小盒子。她看了伊利亚斯一眼，表情更加惊喜了。她说：

"但今天不是我的生日。"

她脸上浮现出一个大大的笑容，嘴角几乎咧到耳朵上。伊利亚斯说：

"世界上最好的妈妈值得每天都收到礼物。"

这话太肉麻了……但管用。妈妈的脸上又浮现出一个大大的笑容，连爸爸都满面笑容地看着他。这简直就是一场笑容大赛。

一切都出奇地顺利。

我实在看不出来有什么可烦心的。除非他买的礼物超级难看，她觉得礼物实在太丑了，气得把它从窗户扔出去。

为了看清楚礼物的样子，我跳上桌子。平时，他们不许我这么做，但这会儿没人注意我。

打开小盒子时，妈妈愉悦地惊呼了一声："哇！"

里面是一条漂亮的项链。吊坠是一颗心形的绿宝石，还镶着金边。（宝石应该是人造的，因为伊利亚斯没那么多钱。）

老实说，项链确实很漂亮。

而且，妈妈非常喜欢这个牌子的首饰，她经常去逛那家饰品店。

她把伊利亚斯紧紧地拥在怀中，爸爸在旁边不停地称赞伊利亚斯有品位。这几乎是坦白平板事件的最佳时机。但我还没来得及提醒伊利亚斯，爸爸就提出想仔细看看这件首饰。

妈妈一边递给他，一边说.

"你在店里见过了吧。"

爸爸皱了下眉头。

"没有啊！"

妈妈微笑着坚持：

"怎么会？肯定是你陪他去的。"

爸爸的眉头皱得更深了，同时回答道：

"没有，我没陪他去。"

"但这条项链应该是从邮局旁边的那家范氏饰品店买的。"妈妈猜道。

他们两人同时转向伊利亚斯。

"所以，你跟谁一起去的？"

伊利亚斯的呼吸加速了，他神色有点儿慌张。

他不知道应该撒谎还是坦白。

他说："我跟临时保姆纳蒂亚一起去的。"（纳蒂亚是伊利亚斯最好的朋友之一。）

"真的吗？什么时候？"妈妈带着怀疑的神色问道。

"今天，吃完午饭后。"

爸爸和妈妈对视了一眼，看得出来他们不知道该做何反应。

妈妈又确认了一遍：

"伊利亚斯，你确定吗？你不是一个人去的吧？你应该知道，那家店很远，而且最重要的是，到那里要穿过一条极其危险的马路，我们一直不许你一个人过那条马路。"

妈妈真是犯糊涂了。她都这么说了，伊利亚斯怎么可能跟她说实话！或许我还得为爸妈写一本教材，教他们怎样跟孩子说话。

看起来说实话会付出巨大的代价，伊利亚斯没的选了。

"确定，我确定！"

（我不知道你有没有发现，当人们撒谎的时候，他们一般把话说两遍。）

（找不知道你有没有发现，当人们撒谎的时候，他们一般把话说两遍。）

（但今天不是这样，因为我说的是实话。）

爸爸妈妈看似相信了伊利亚斯。妈妈看了看她的项链，脸上浮现出温柔的笑容。

这一晚在愉悦的氛围中结束了。我照常跟伊利亚斯一起睡觉，斜靠在他身上，他抚摸着我的头。

我问他:"你不是跟纳蒂亚一起去的商店,对吧?"

他什么都没说。

我接着说:"你一个人去的?你一个人穿过了那条死亡大道?"

他抚摸我的手停下了。他翻了个身,在一种难以忍受的沉默中睡着了。

到目前为止,一切都还说得过去,但我感觉这件事还没结束。

星期四

家庭核爆炸倒计时
2 天

情况有点儿复杂。伊利亚斯得到的分数和失去的分数一样多，我不知道我们最终结算的时候能得多少分。他在爸妈心中的形象是改善了还是变糟了？如果我们给爸妈发放一份调查问卷，他们对伊利亚斯的评分是提高了还是降低了？我觉得所有的答案都将在这一天揭晓。

早晨一切都正常，妈妈戴上了她的新项链，还重重地亲了伊利亚斯一下，随后他们都出门了。

我感觉很累，所以去睡了个回笼觉。

晚上，爸爸和伊利亚斯回来得很早，妈妈稍晚些才到家。她看起来有点儿激动，拉着爸爸低声嘀咕了半天。随后，爸爸也变得激动起来。我在他们旁边抻着脖子听，但还是没弄明白他们到底在嘀咕什么。

直到他们把伊利亚斯叫过来，我才知道大事不妙了。

爸爸妈妈并排坐在沙发上，伊利亚斯坐在他们面前的扶手椅上。我犹豫了一下，最终决定往后撤几步，趴在地毯上。

这次，爸爸先开口：

"伊利亚斯，你告诉我们说临时保姆纳蒂亚陪你去了范氏饰品店，是吗？"

伊利亚斯没有回答，只是做了个表情，从中看不出他想表达是还是不是。这个表情看起来更像是人类想拉屎时的表情。

妈妈接着说：

"我有点儿怀疑，于是问了纳蒂亚的妈妈。"

伊利亚斯像是被冻住了，一动不动，仿佛连呼吸都停止了，而且他的灵魂像是摆脱了肉体的束缚，飞向了远方。

爸爸继续说道：

"伊利亚斯，你对我们撒谎了，这件事很严重。"

妈妈直接嚷道：

"而且，最严重的是，你自己过了那条马路！你明明知道这是不被允许的！我跟你说过几千遍，那条马路很乱！大家乱开车，根本没人看红绿灯。更何况还有摩托车到处乱闯，危险极了！上周才有一位女士被撞飞了！！你都没记住吗?！"

伊利亚斯还在发呆，或许他的灵魂已经飞到一座无人的荒岛上去了。

爸爸试着缓和气氛：

"我们知道你是出于好心，你想让妈妈高兴，这是好事。但你对我们撒谎了，这件事很严重。我们必须诚实。"

"**你自己过了那条马路!!!**"妈妈大吼道。

我看着伊利亚斯。突然，我看到他脸上，确切地说是眼睛发生了变化。

他的眼里噙满了泪水。

随后他的手开始颤抖。

他的鼻子变得通红。

他站了起来，嗓音嘶哑地喊了出来。

这下轮到爸妈僵住了，他们瞪着眼睛，没料到伊利亚斯会有这样的反应。他们以为还会像以前一样，他们批评伊利亚斯，伊利亚斯道歉，然后换个话题。

妈妈站起来，想要抓住伊利亚斯的胳膊，但他怒吼着甩开了她的手："别碰我！"然后他跑回了房间。我们听到了他用尽全力甩门的声音，那声音大得吓人。

太可怕了！这是我们一起生活以来最可怕的时刻之一。（跟星期天家里没有肉丸子，却没有一家食品店开门一样可怕。）

我看到妈妈的眼睛也含着泪水。爸爸站起来，把她搂在怀里。他们不明白伊利亚斯为什么这么讨厌他们。他们对他太严厉了吗？妈妈有点儿后悔，她真的很为他担心。

爸爸指出事实：

"他昨天确实对我们撒谎了。"

"是的，但他现在很难受。我们应该听听他怎么说。"

妈妈去敲伊利亚斯房间的门，她问自己能否进去。伊利亚斯没有回答。她还是打开门了，我趁机也溜了进去。

半明半暗中，我看到伊利亚斯仰面躺在床上。妈妈刚想说话，他便双手抱头，捂住了耳朵。

妈妈放弃了，走出了房间。

我跳到床上，蹭了蹭伊利亚斯，但他用手肘把我推开了。

"走开，让我静静。"

我从床上跳下来，趴到地板上。

过了一会儿，爸爸进来提醒伊利亚斯该吃晚饭了。伊利亚斯没理他。爸爸揉了揉他的头发，说：

"你得跟我们说话，儿子。"

但是伊利亚斯又把耳朵捂住了。爸爸叹着气离开了。

我继续趴在地板上，靠着乐高盒子。

我很伤心。

这是长这么大以来，伊利亚斯第一次不愿意跟我一起睡。

星期五

家庭核爆炸倒计时
1 天

我 彻底迷茫了。

我真的搞不懂了。

最初，只是伊利亚斯摔碎了平板电脑屏幕。而现在，大家都不说话了。

今天早晨，伊利亚斯起床后，一句话都没说。他一直垂着头，完全无视爸妈。

爸妈也什么话都没说。

大家听着广播吃了早饭，气氛非常沉重。

后来，所有人都走了。这是我第一次因为他们离开而感到高兴，跟他们在一起感觉太累了。

我几次把自己挂到沙发上，这样有助于我思考。我得跟伊利亚斯谈谈，告诉他不能跟爸妈冷战。

在他从学校回来之前，我抓紧时间组织自己的语言和论据。

他回来后，我对他说："我们得谈谈。"

他回绝我："我不想谈，你只会出馊主意。"

"你没的选。你要是不愿意听我说话，我就整晚挠你的脚心，咱俩谁都别想睡觉。"

他说："好吧。"

于是我们进了他的房间。

我开始了自己的演讲，甚至配了插图——

伊利亚斯，问题很严重，但还不到绝望的时候。你或许难以理解，但爸妈他们也会害怕。我说的害怕不是害怕蜘蛛，也不是害怕站在高处。

最让他们害怕的，吓得他们整晚睡不着的，是你的安全问题。

虽然你不是故意的，但你确实横穿了那条马路，还对他们撒谎，你这么做敲响了爸妈心中的安全警钟。

你跟我说你没被车碰着，一切都好。

这是事实。

但爸妈是很奇怪的，他们会因为某些有可能发生的事情担心，即使这些事在现实中并没有发生。

问题在于，他们会幻想出很多事情。

首先，他们害怕有人伤害你。

他们不允许你跟陌生人说话。（他们这样做是有理由的。任何人，不管男女老幼，向你求助，比如要你帮忙找他走丢的狗，你都不能跟他走。）

他们害怕你一个人过马路。他们担心你被车撞到，毕竟马路上有汽车、摩托车、自行车、电动车、大卡车、拖车、滑板车……

所以，只有你一个人待在家里的时候他们才会放心吧？你可能会说。

　　然而，并不是这样的！哪怕你只是一个人在房间里看书，他们也会担心。

你得知道，其实他们为了克服害怕的心理做了很多努力。

你站在他们的角度想想，战胜恐惧其实挺不容易的。

为什么爸妈总是担心这、担心那？

这是不是意味着他们对你没有信心？

如果你问他们，他们绝对会说他们对你有信心，但他们不信任这个世界。

事实上，对他们来说，昨天你还是襁褓里的小婴儿，一刻也离不开他们的保护。现在，你知道自己长大了，你清楚地看到自己的鞋子变小，知道自己不像以前一样思考，你现在感兴趣的东西也跟 3 年前不一样。但他们很难第一时间注意到这些变化。而他们是不会允许一个小婴儿自己去面包店的。

"这下好了。"伊利亚斯讽刺地说,"我什么都做不了,因为他们疯了。"

"当然不是!对你的信任最终还是会战胜对你的担忧。你得耐心地安抚他们。这是一项需要你们共同完成的任务。"

"我怎么安抚他们?"

"最好的办法就是向他们证明,你过马路的时候会非常小心,你一个人在家的时候不会玩火,你自己非常清楚不应该跟陌生人说话。"

"就这样?"

他看起来半信半疑。

我的演讲还没结束,接下来我得跟他解释更难理解的第二部分。

开口之前我抻了抻爪子——

有时候,爸妈会有另一种担心。他们担心你不开心,担心你难过。最让他们担心的是你不跟他们说话。如果爸妈觉得孩子看起来不高兴,但当他们询问的时候孩子却说挺好的，爸妈就会彻底慌了。

他们会觉得自己帮不上忙，而他们受不了这一点。他们会觉得自己就像送给鱼的自行车一样没用。

爸妈可能会幻想出很多可怕的事情："他这个样子，或许是因为他白天被外星人绑架了，受尽折磨之后逃了出来，但他不想告诉我们。"

所以，爸妈有时候会过度干涉你。我的意思是他们管了太多跟他们没关系的事情。他们可能会反反复复地问"你还好吗？你还好吗？你确定吗？你还好吗？你看起来不太好。发生什么事了？出什么事了吗？你想跟我谈谈吗？你知道你可以跟我讲的……"。

咱们得原谅爸妈，他们担心你，他们想帮助你。

而且，他们往往真的能帮助你！

总的来说，他们是世上最值得你信赖的人。

如果你遇到什么严重的事情，得告诉他们。

但如果事情对你来说不太严重，比如只是跟朋友吵架了，你想自己解决，那也要让他们放心。你可以跟他们说只是因为跟朋友吵架了，你没有被外星人折磨，你只是暂时不想谈这件事。

"我不明白这跟我现在的情况有什么关系。"

"总算说到这儿了！你没注意到吗？从昨晚开始，爸妈压力超级大，因为你给他们脸色看了。他们担心你难受。"

"我不难受，我只是受够了他们。"

"确实，不过这也让他们担心。他们担心你讨厌他们。"

"我没有。"

"你说了啊。"

你跟他们说了"我讨厌你们"。你得让他们打消这个念头。

伊利亚斯神情古怪地看了我一眼，说道：

"我不想让他们打消这个念头。我就是想看到他们担心，这是我的报复。"

"好，好，我懂了。但你现在可以停止报复了，这对他们来说太残忍了。"

伊利亚斯做了个鬼脸。

"嘿嘿，我今晚还要给他们脸色看，但是我明天会跟他们说话，这样总行了吧？"

我喵了一声，表示可以。

晚饭时，餐桌上的气氛还是很让人难受。爸爸妈妈问了伊利亚斯很多问题，但他几乎不回答。妈妈和爸爸看起来好可怜，就像两只在下雨天被遗弃在大马路上的猫崽子一样。

伊利亚斯不能再赌气了！

星期六

家庭核爆炸
当天

已经过去整整一星期了，但对我来说像是过了一个世纪。是时候给平板事件画上句号了。

早晨起床后，伊利亚斯就坐到书桌前，我看到他在一个本子上写来写去，看起来非常专注。随后，他在玩具箱里翻了半天，找出一只口哨。

接着，我们听到爸妈起床了，他们很快准备好了早饭。伊利亚斯拿起口哨和本子，进了餐厅。他

愣了大约五秒钟，然后吹响了口哨。爸妈先是吓了

一跳，紧接着交换了一个会心的笑容（他们应该很

我宣布召开
家庭紧急会议。

高兴自己的儿子终于肯跟他们说话了）。他们坐下来准备倾听。

伊利亚斯拿起本子，开始念他之前写的内容。

"亲爱的爸爸妈妈，我不讨厌你们，其实我很爱你们。但是你们自己可能都没意识到，你们有时候很烦人。"

爸爸想要插话（我笃定他想反驳说"你也一样，你有时候也很烦人"），但伊利亚斯向他做了一个闭嘴的手势。

"爸爸，请听我把话说完。问题在于，你们说的东西总是自相矛盾。你们要求我像个大孩子一样，整理好自己的房间，收拾好桌子。但是当我打翻东西的时候，你们又指责我不够小心。

"你们总是唠叨'你已经10岁了，是个大孩子了'，与此同时，你们又像对待一个小宝宝一样不许我做这，不许我做那。

"当需要打扫卫生的时候，我是个大孩子，但其他时候我又是个小宝宝。你们天天说'早点儿睡''多吃蔬菜''别一个人过马路''把扣子系上''把平板电脑关了'。

"结果，我做小孩子也不是，做大孩子也不是。

"这对我一点儿也不好。

"这不公平。"

爸爸妈妈看起来很惊讶，但并没有不高兴。妈妈甚至说：

"我明白了。你可能确实觉得有点儿烦。我很高兴你能把心里话说出来，你表现得很有责任感。"

爸爸也表示了肯定。

"我希望我们可以做得更好。你希望我们怎么做呢？"

伊利亚斯拿起他的本子，他列了个清单。

"首先，我希望按照自己的想法穿衣服。我自己知道冷热，我自己决定系不系扣子。我受够了你们总唠叨'你会感冒的'。我 10 岁了，我知道什么时候该戴帽子，什么时候不需要。"

爸爸妈妈交换了一下眼色。爸爸说：

"可以……我觉得可行，但是你不知道天气会怎么变化。我们可以每天早晨提醒你当天的大气情况吗？"

"可以。"

"很好，还有什么？"

我看到伊利亚斯深吸了一口气。

"我摔碎了平板电脑屏幕。"

爸爸跳了起来，并且惊叫出声：

"什么？！"

我的汗毛都竖起来了，但是伊利亚斯继续平静地说：

"是的，我把平板电脑屏幕摔碎了。这种事偶尔会发生，我很抱歉。我把屏幕摔碎了，是因为我每周只能玩两小时平板电脑，我当时太紧张了。我考虑过了，我准备通过工作来赔偿。"

妈妈皱起了眉头。

"什么工作？"

"我可以额外承担家务活，你们不需要给我钱。这就等于你们把我的工资扣下，用来抵偿平板钱。"

伊利亚斯真是太聪明了。爸爸妈妈都很惊讶，这样的解决方案几乎抵消了他做的蠢事。我早该想到的！下次当你不得不承认自己做了一件蠢事的时候，不妨提出一个好的解决方案。爸妈就喜欢这样。

果然，爸爸说道：

"不错，听起来是个好主意，我们可以约定——你要多做两个月的家务。"

伊利亚斯微微一笑。他还有一点要说。

"我不该对你们撒谎，我知道横穿那条大马路让你们感到害怕。但是，我也想要更多的自由。我可以自己过那些不太危险的马路。我想到一件能让自己高兴的事情，放学后，我想自己去面包店买点儿零食。"

爸爸妈妈都愣住了。

"我们得考虑一下，但这也不是不可行。"妈妈看了一眼爸爸说，"最重要的是，你不能再对我们撒谎。如果你撒谎，我们就没有办法保护你了。"

"我知道。有人告诉我你们害怕……"

当他说这话的时候，我赶紧喵喵叫了两声。这事我们俩知道就行了。

"不管怎么说，伊利亚斯，你今天表现得很成熟，就像一个成年人一样。"

妈妈站起来，把伊利亚斯揽在怀里。

我又喵喵叫了起来，这次叫声中充满欢喜。

最终，伊利亚斯找到了最好的解决办法——承认错误并承担后果。因为在生活中，每个人都会犯错，成年人也不例外，重要的是想办法纠正错误。

伊利亚斯甚至设法解决了别的问题。

而这一切要归功于谁呢？当然是我，这世上最

超凡脱俗的宠物、宇宙中最聪慧迷人的喵星人！我

真为自己感到骄傲！

所以，你呢？

你是不是也像伊利亚斯一样，需要
一些帮助你"教育"爸爸妈妈的建议？

　　填写下面的问卷，在符合你的情况的选
项前打钩。

（1）你的爸爸妈妈是否经常大喊大叫？

☐ 是的。

☐ 不是。

（2）当他们大喊大叫的时候，你有什么感觉？

☐ 感到紧张。

☐ 感觉很烦，也想大喊大叫。

☐ 感到害怕。

（3）你是否觉得他们生气是因为你犯了错？

☐ 是的，他们说是因为我。

☐ 不是，他们经常无缘无故生气。

（4）他们是否经常担心你？

☐ 是的，他们什么都担心。

☐ 不是，他们不太管我。

（5）你觉得他们对你有足够的信任吗？

☐ 有，他们给我足够的自由。

☐ 没有，他们把我当小婴儿一样对待。

（6）他们是否偶尔让你自己做饭？

☐ 是的。

☐ 是的，但只限于部分冷餐（三明治、沙拉等）。

☐ 不，我只有在成年人的陪同下才能做饭。

（7）你是自己收拾自己的物品吗，比如游泳包、旅行箱，或者偶尔去朋友家留宿用的小包？

☐ 当然！他们最多提醒一下我遗漏了什么。

☐ 从来没有，他们跟我说他们收拾，他们担心我忘带东西。

（8）当你需要一件新衣服的时候，谁来挑选？

☐ 我爸妈。

☐ 我自己，不管在商场或者网上商店，我都坚持自己挑选喜欢的款式。

（9）你的朋友或小伙伴比你自由吗？

☐ 是的，我觉得我没有别人自由。

☐ 不，我觉得差不多。

（10）你是否希望自己可以像伊利亚斯一样变得更独立？

☐ 希望。

☐ 不希望。

（11）如果上一题的答案是"希望"，那么你就在这里写下 3 件你想要自己做且不想被爸妈干涉的事情。

....
....
....
....
....
....
....
....
....
....
....
....
....

丑小咪建议你跟爸爸妈妈谈谈。这并不容易，你可能不知道该如何开口。不妨参考一下下面这个模板。

亲爱的爸爸妈妈：

我非常爱你们。但有时候，你们有点儿烦人，可能你们自己都没意识到。为了你们方便，你们有时候把我当成小宝宝对待（让我早点儿睡、不让我看电子产品），但干活（整理东西、打扫卫生）的时候又把我当成年人要求。我觉得有些事情需要改变，我想在这里提出来。

我希望能够自己做以下几件事。

· ·

我希望获得以下权利。

· ·

我希望你们不要再在以下几个方面干涉我。

· ·

请问，你们同意我的意见吗？

或者你们有其他观点吗？

对我来说，最重要的是，咱们要一起讨论一下。

填写好之后，

你可以念给他们听，

也可以给他们看你写的内容。

呃，为什么不直接把这本书

拿给他们看呢？

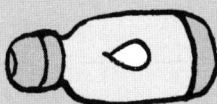